VENGANZA TARDÍA
Tres caminos a la escuela

colección andanzas

Libros de Ernst Jünger en Tusquets Editores

ANDANZAS

El tirachinas

Juegos africanos

Sobre los acantilados de mármol

Venganza tardía

TIEMPO DE MEMORIA

Tempestades de acero

Radiaciones I

Radiaciones II

Pasados los setenta I (Radiaciones III)

Pasados los setenta II (Radiaciones IV)

Pasados los setenta III (Radiaciones V)

ENSAYO

La emboscadura

El trabajador

La tijera

Sobre el dolor seguido de La movilización total y Fuego y movimiento

La paz seguido de El nudo gordiano y El Estado mundial

El libro del reloj de arena

Acercamientos

El corazón aventurero

Esgrafiados, precedido de Carta siciliana al hombre de la luna

FÁBULA

El tirachinas

ERNST JÜNGER
VENGANZA TARDÍA
Tres caminos a la escuela

Traducción del alemán de Enrique Ocaña

TUSQUETS EDITORES

Título original: *Sp. R. Drei Schulwege*

1.ª edición: mayo de 2009

Diseño de la colección: Guillemot-Navares

Tusquets Editores, S.A. - Cesare Cantù, 8 - 08023 Barcelona
www.tusquetseditores.com
ISBN: 978-84-8383-114-4
Depósito legal: B. 17.921-2009
Fotocomposición: Anglofort, S.A.
Impresión: Liberdúplex, S.L.
Encuadernación: Reinbook
Impreso en España

Índice

Nota sobre la edición

Sp. R., el título de esta obra, es la abreviatura de *Späte Rache* («Venganza tardía»).

Ernst Jünger terminó la redacción de este texto el 10 de julio de 1991. A lo largo de la Segunda parte del manuscrito, se han encontrado adheridas una serie de flores acompañadas de sendas fechas, todas ellas entre abril y junio de ese mismo año. No es seguro, aunque sí probable, que el relato comenzara en una época inmediatamente anterior, pues la caligrafía, el papel y el material de escritura no permiten inferir una distancia temporal mayor. Sin embargo, cabe suponer que se produjera una pausa en el trabajo, durante la cual las primeras páginas habrían sido revisadas y transcritas a máquina, ya que en el texto se observan solapamientos. El último párrafo debió de ser añadido con posterioridad.

Liselotte Jünger

Primera parte
El primer camino a la escuela

El camino que conducía a la escuela era lo más bello que ésta ofrecía, por eso a Wolfram le hubiera gustado prolongarlo el mayor tiempo posible. Pero entonces habría llegado tarde, y llegar tarde era una falta grave.

Con la agitación, no encontraba la puerta correcta; incluso se equivocaba de planta y estorbaba la clase de otros cursos. Los maestros, que en su mayoría llevaban cuello alto y quevedos, le clavaban una mirada feroz, mientras los alumnos se alegraban de la interrupción. Tardaba casi un cuarto de hora en poder balbucear una disculpa; sin embargo, tal retraso no admitía disculpa. Antes de que le dieran permiso para tomar asiento, se llevaba una reprimenda: «Contigo sólo valen los escarmientos», y recibía una amonestación en el diario de clase. Para colmo, no cuidaba su uniforme;

lo más importante en el camino a la escuela eran los matorrales y la orilla cenagosa del lago.

Si sólo hubiera existido el camino, el paseo habría sido sin duda encantador, pero la escuela proyectaba ya sus sombras sobre él. Las sombras se habían vuelto más oscuras, pues Wolfram era un desastre; se encontraba ya en su tercer camino a la escuela. El primero le había conducido a la escuela preparatoria, el segundo al colegio Tegtmayer y el tercero al instituto.*[1] Los tres atravesaban el parque que separaba la casa paterna de la ciudad.

Puesto que las escuelas se hallaban distantes unas de otras, cada vez había que aprender un nuevo camino: el primero pasaba por un puente; los otros dos, por la orilla del lago municipal. En esa zona uno podía extraviarse con facilidad, especialmente cuando prestaba menos atención al lago que a los pájaros que nadaban

* Las notas se encuentran en las páginas 89-107 de este volumen. *(N. del E.)*

en él o que reposaban en la orilla al sol de la mañana. En primavera la orilla estaba orlada de lirios amarillos, en otoño de espadañas, conocidas como «escobillas cilíndricas».[2] Desde el puente se podían contemplar hermosas carpas que agitaban sus aletas perezosamente.

El camino a la escuela preparatoria le había parecido a Wolfram el más fácil, ya que iba acompañado del abuelo, que enseñaba en sus aulas. De hecho, podía decirse que el abuelo era su carabina o su guardián. Por cuidar de su nieto, salía de casa una o hasta dos horas antes de lo que exigían sus funciones.

Esa escolta le ofrecía a Wolfram la ventaja de no llegar nunca tarde, pues el abuelo era puntual como un reloj, pero al mismo tiempo suponía una privación de libertad cargada de advertencias pedagógicas, si bien éstas eran mitigadas por comentarios agradables. El abuelo sabía muchas cosas. Conocía los nombres de los diversos patos que nadaban en el lago; incluso había uno japonés. Conforme los jardineros municipales plantaban cada mes nuevas flores en los arriates, Wolfram aprendía sus nombres. También había árboles curiosos, como los cerezos silvestres y la araucaria, y tantas clases de encinas que habría sido posible poblar un bosque entero con ellas sin que ninguna fuera como las demás. «Y si observaras con una lupa cada hoja de ese bosque, no encontrarías dos que se asemejaran», decía el abuelo.[3]

El abuelo fumaba una pipa mediana durante el camino y una larga en casa; llevaba una barba como la de los veteranos de la guerra de 1870. En aquella época no había sido movilizado, pues antes los maestros de escuela estaban exentos del servicio militar.[4] En contrapartida, su salario era harto miserable. No obstante, pensaba que eran ellos precisamente quienes habían vencido en Königgratz. El abuelo también sabía mucho de guerras y países lejanos: desde la línea de fortificaciones de Düppel[5] hasta el cañonero *Iltis*,[6] pasando por las revueltas de los cipayos en la India[7] y del Mahdi en Sudán,[8] de los chinos de piel amarilla y de los hereros negros.[9] Cuando hablaba de los hereros, golpeaba el suelo con su bastón.[10]

Wolfram no se cansaba nunca de escuchar esas historias. Sólo le fastidiaba que se le prohibiera moverse a su antojo y, sobre todo, detenerse. El abuelo no era severo, pero sí escrupuloso. Su celo llegaba hasta los más mínimos detalles, como la forma correcta de colocar los pies o de respirar: primero había que aspirar el aire por la nariz y luego expulsarlo lentamente por la boca. El pelo debía mantenerse corto, lo cual ahorraba tener que peinarlo, si bien su madre no compartía esa opinión. Pero no le quedaba más remedio; el padre de Wolfram cambiaba con frecuencia de destino. Hablar tampoco era tan fácil como parecía. El abuelo reprendía a Wolfram por no distinguir con suficiente precisión unas vocales de otras. Que si «farfullaba» o «no se dice "tiu" sino "tío", ni tampoco "cirezas" sino "cerezas"». Wolfram oía esa clase de reproches con más frecuencia de la que le agradaba y juzgaba necesaria. Pero el abuelo tenía buen oído. Participaba en la dirección del orfeón de maestros. No dejaba pasar ni una.

Cuando observaba la caligrafía de su nieto, no toleraba que dibujara la pequeña *e* latina con un simple trazo, sino que consideraba imprescindible perfilar todavía un gancho sobre el arco superior. También esto se le antojaba a Wolfram superfluo, y no obstante debía admitir que la letra ganaba entonces un vientre más elegante.

Como todo en la jornada del abuelo, también el tiempo empleado en ir a la escuela era medido con holgura; sin embargo, no veía con agrado que su nieto se demorase por capricho. Wolfram se sentía especialmente tentado cuando pasaban junto al banco de grava que ribeteaba el lago. Esta tentación tenía que ver con su colección de piedras.

A este respecto, es necesario añadir que Wolfram se alojaba en casa de los abuelos durante periodos más o menos largos, cuando sus padres se ausentaban de la ciudad, ya fuera por motivos privados o profesionales. Los abuelos vivían de alquiler, mientras que los padres tenían una casa de propiedad. Sólo allí podía Wolfram desplegar su «panorama»; en la terraza había espacio de sobra. Como sus padres le habían confiado la casa a Emilia, la fiel ama de llaves, Wolfram podía dar un rodeo de vez en cuando y visitar el panorama. Le habría gustado quedarse en casa, pero no querían ni podían dejarlo al cuidado de Emilia, una vez que se habían manifestado sus «estados de ausencia».

A decir verdad, el panorama no era sino una representación en miniatura del parque municipal; sin embargo, había que hacerlo más grande y bonito. Para ello, Wolfram disponía de un particular sentido de las medidas. Cuando la madre tachó de absurdo que en su paisaje los patos fueran más grandes que las ovejas, él respondió: «Los patos son más grandes porque son mis preferidos». Ella encontró asimismo criticable que la dorada mostrase el costado al nadar. Pero Wolfram la había recortado de un catálogo y le parecía más imponente de perfil.

Además, así se distinguían mejor las aletas. Flotaba sobre un fragmento de espejo que representaba el lago.

La madre le reprochaba igualmente que el panorama, además de robarle mucho espacio en la terraza, fuese un simple montón de escombros. Y no le faltaba razón, ya que el decorado estaba compuesto principalmente de objetos hallados y otros desperdicios. La orilla cenagosa del lago la había hecho a partir de una esponja, y los jirones de un sombrero de cazador formaban, en posición horizontal, los prados y, en posición vertical, los setos. Dio la casualidad de que la hebilla del sombrero abrió una brecha en la hilera de jirones, formando una entrada. A veces se daban hallazgos como éste, pero de todos modos había mucho que cortar y pegar. Su padre decía: «Si en la escuela fueras sólo la mitad de laborioso, serías el primero de la clase». Pero no quería prohibírselo.

Cuando hacía buen tiempo se acumulaban los hallazgos, especialmente en el caso de las piedras si había llovido por la noche. Si no era posible encontrar dos hojas que se asemejaran, la singularidad de las piedras era todavía mayor. Su abuelo había dicho que venían de muy lejos, que eran cantos rodados procedentes de los Alpes cuyo origen se remontaba a la época en que aún existían mamuts. No era fácil clasificarlos; Wolfram había intentado hacerlo por colores, formas y motivos. Uno de los guijarros presentaba estrías negras y blancas como el cordón de una condecoración que su padre llevaba en el ojal, otro estaba salpicado de manchas como un frailecillo, mientras que un tercero tenía incrustada una minúscula concha. Wolfram los guardaba en una caja y los usaba para empedrar los senderos del panorama. Aunque cada uno conservaba su propia belleza, la grava que había en el margen del lago podía tornarse en un collar de pedrería fina cuando el sol de la mañana brillaba sobre su superficie. Entonces Wolfram no podía evitar soltarse de la mano del viejo.

A pesar de todo, Wolfram recordaba ese camino a la escuela como el mejor de los tres. Ya a una edad precoz le había causado extrañeza el singular papel que desempeñaba el número tres. Bueno, mejor, el mejor; como un pedazo de tarta en el que una angélica verde o una cereza roja coronasen la capa de nata. Pero también se daba lo contrario: malo, peor, el peor; justo como esos tres caminos a la escuela, o más bien como la sombra que la escuela proyectaba sobre sus senderos.

Después de todo, la escuela preparatoria no había sido tan terrible como le habían dicho. «Espera a que vayas a la escuela», le amenazaba el padre cuando Wolfram, acalorado de tanto jugar, por ejemplo, de patinar sobre hielo, llegaba tarde a la hora de comer.

Puesto que la escuela preparatoria formaba parte del instituto, quienes impartían clase no eran simples maestros, como sucedía en la escuela popular de enseñanza primaria,[11] sino «catedráticos de instituto». Este título les confería un aura de dignidad humanística. Esto no quiere decir que echaran de menos esa dignidad. No eran menos conscientes de su importancia que aquellos colegas que se habían doctorado, y su titulación incluso les planteaba menos problemas.

Sin faltarles al respeto, Wolfram había sentido muy pronto hacia sus maestros una simpatía teñida de familiaridad, por el mero hecho de que le recordaban al abuelo. También ellos llevaban barbas medianas como los soldados de la guerra de 1870. Tales barbas eran agradables; infundían confianza y respeto. Costaba imaginar que un oficial pudiera leerle la cartilla a un barbudo de esa clase como si se tratara de un imberbe.

Al igual que el abuelo, también ellos fumaban pipas largas; aunque, por supuesto, sólo en casa. En la calle y en las tabernas fumaban cigarrillos. En las tardes de ateneo o en los paseos por los arrabales de la ciudad, mantenían encendidas pipas medianas.

Vestían traje oscuro incluso en verano; les gustaba llevar chaquetas de terciopelo pardo ribeteado de negro. No usaban corbata sino fular, anudado o cruzado. Habían alcanzado esa edad en que resulta difícil arreglárselas sin gafas.

Los que habían cursado estudios universitarios, en su mayoría considerablemente más jóvenes que el resto, destacaban tan sólo por su porte. No habían participado en la guerra, pero muchos de ellos eran oficiales en reserva y se presentaban con su uniforme en la conmemoración de la victoria de Sedán y en los festejos por el cumpleaños del emperador. Como el monarca, lucían un bigote con las puntas curvadas hacia arriba, llevaban corbata, puños claros y un monóculo sujeto a un cordoncillo.

Uno de los primeros recuerdos de Wolfram era la imagen del padre frente al lavabo en mangas de camisa y con una bigotera.[12] Su padre fumaba cigarrillos y, cuando iba de paisano, escogía trajes elegantes. Se refería a los abuelos como «los viejos», y, en efecto, aunque tampoco ellos fuesen mucho a la iglesia, la distancia generacional era grande. En primavera, cuando las dos mujeres se sentaban juntas en la terraza, era como si una mariposa diurna se encontrase con una nocturna. Sus opiniones también diferían, y no sólo en cuanto a la ropa, sino en cuanto a todo lo «que atañía al decoro».

Los maestros de la escuela preparatoria habían recibido una sólida formación en los seminarios. En ella se basaban su orgullo y su autoridad. Transmitir un saber sólido constituía su vocación y su empeño. Seguían el principio de que la repetición es la madre del estudio. Huelga decir que los alumnos inteligentes se aburrían en sus clases y que, sobre todo, les fastidiaba el aprendizaje memorístico y el recitado de la lección.

Sin embargo, en la escuela es más importante tener una buena memoria que ser inteligente. Hay naturalezas con cerebros enciclopédicos que almacenan textos a voluntad y que, cuando se les pregunta, los recitan [como] si los leyesen en la pizarra. Para ellos, todo examen se vuelve un placer.

No menos importante es el celo que el alumno demuestra para ganarse el favor del profesor. Cuando, por ejemplo, conoce la fecha de su cumpleaños (se ha molestado en averiguarla), le felicita y tal vez hasta le deja una flor sobre el pupitre; entonces el día está medio ganado y, sin duda, su persona ha adquirido más valor. El profesor le mira con otros ojos. El abuelo tenía alumnos de ese tipo, muchos de los cuales incluso venían a casa. Él daba clases particulares.

Aunque a esas virtudes les falte un Maquiavelo, existen y se practican. En ese aspecto,

Wolfram era un mal alumno casi sin remedio, a pesar de todas las advertencias del padre y el abuelo. Es verdad que gozaba tanto de inteligencia como de memoria, pero éstas eran, si así puede decirse, las de un buen catador. Retenía, y de qué manera, sólo aquellas cosas agradables a su paladar. Se le grababan en la memoria, ya fueran plantas, animales o piedras, o incluso acontecimientos inusuales de la vida cotidiana o de la naturaleza. Su pensamiento se fijaba menos en los sistemas que en las personas y los objetos. Los clasificaba como hacía con su panorama, compuesto de cascos y hallazgos diversos. No era el mundo de los adultos, sino su propio mundo. Éste estaba ensamblado como un Robinson ensamblaría pecios. Era su isla; ahí se le excitaba la curiosidad.

Wolfram leía mucho y con pasión; otro placer perjudicial para la escuela. Como para muchos otros niños, *Robinson Crusoe* había sido su primer libro; más que leerlo, lo había deletreado resiguiendo el texto con el dedo.[13]

Una obra de ese género provocaba primero asombro y luego expectación. Podía suceder cualquier cosa. Así era como Viernes se le había aparecido a Robinson; sin embargo, Wolfram no esperaba a ningún Viernes, sino a Robinson en persona.

Por otra parte, no esperaba a Old Shatterhand, sino a Winnetou, después de que su padre le hubiese regalado su primer libro de Karl May.[14] El abuelo no lo había visto con buenos ojos; en compensación le dio *Las leyendas de la Antigüedad clásica* de Schwab.[15] Para Wolfram no había diferencia, como apenas la había entre el viaje de los argonautas a la Cólquide y el descenso de Stanley por el Congo. En un sitio u otro, siempre andaba inmerso en sus aventuras, ya se encontrase camino a la escuela o, aún soñoliento, en clase. Leía de noche y tenía fama de dormilón entre los maestros. A veces, éstos también le reconocían momentos de lucidez. Incluso era capaz de sorprenderlos, cuando su mundo entraba en contacto con el de ellos.

La escuela preparatoria, como hemos dicho, no era tan terrible. Los maestros disfrutaban de un respeto que administraban de forma paternal. La ciudad tampoco era tan grande como para que las familias de la alta burguesía no se conocieran. No era raro que un maestro dijera: «¡Cabeza de chorlito, tu padre me ha dado más satisfacciones que tú!».

Por lo demás, en disciplinas tales como gimnasia y música, el modo de dar clase aún no se alejaba demasiado del juego, mientras que las asignaturas principales, como alemán y religión, se impartían en su mayor parte como si el maestro contase una historia. Un paseo por la vida cotidiana profundizaba en el conocimiento del entorno familiar, a la manera del bondadoso tío que acerca el reloj al oído de su sobrino y le explica cómo hace tictac. Si se quería saber de dónde venía el viento, había que meter el dedo en la boca y luego exponerlo al aire. También se aprendían los cuatro puntos cardinales; a partir de la cara musgosa de los árboles, podía establecerse dónde estaban el este y el oeste. Antaño el bosque de la ciudad había servido de guarida a bandoleros,[16] en el transcurso de una guerra que había durado treinta años.[17]

Y en el mercado de los alfareros se habían quemado brujas en la hoguera.

Todas estas cosas sabían los maestros, y muchas más. Siempre transmitían su saber con gran fruición; casi como si fuese algo nuevo también para ellos y acabaran de descubrirlo.

El ambiente era familiar, prácticamente como en casa, aunque hubiera dos católicos y un judío. Si alguien les llamaba «católico cabrón» o «Moisés», era castigado.

De vez en cuando, los maestros estiraban de las orejas o insultaban: «bobo», «dormilón», «cabeza de chorlito». Mantenían las ventanas cerradas incluso en verano, pues temían las corrientes de aire como la peste. Se hacía una excepción cuando un alumno levantaba la mano y decía:

«Señor Wiermann,[18] alguien ha cometido una cochinada». Entonces se abrían las ventanas de par en par, se descubría al culpable y éste era expulsado de clase.

Así fue como terminó, mal que bien, la escuela preparatoria. Las notas dejaron bastante que desear: insuficiente en matemáticas, bien en alemán y ciencias naturales. En cuanto al comportamiento, elogiaron sus modales, pero censuraron su falta de aplicación y la poca atención que prestaba.[19]

Aun así, nada habría impedido su ingreso en el instituto, de no ser por cierto incidente que dejó profundamente consternados a sus padres y abuelos, cuando un policía trajo a Wolfram a casa. ¿Qué había ocurrido?

Como notificó el policía, el muchacho se había parado en medio de la calle, casi al final del camino a la escuela, justo cuando el tranvía a caballo se acercaba al trote y el cochero tocaba la campanilla como un poseso.

Cuando el padre le pidió explicaciones detalladas, Wolfram no logró acordarse de nada, salvo de que el conductor le había agarrado por el cuello y le había zarandeado.

–¡Pedazo de bruto!, ¿quieres que por tu culpa me metan en el talego? ¡Seguro que lo has hecho a propósito!

Si Wolfram no hubiese ido tan bien vestido, el conductor le habría propinado una buena bofetada; pero se contentó con entregarlo al policía que pasaba por allí haciendo su ronda.

El muchacho tendía a las ensoñaciones; a veces, éstas podían ser tan intensas que lo sumían de improviso en una rigidez tetánica o en un letargo profundo. Era algo fuera de lo común, aunque posiblemente transitorio. Su padre se consolaba con esta idea. Por desgracia, el incidente no se limitó a aquella única ocasión; los ataques se repitieron. Y se tornaban peligrosos cuando sorprendían a su hijo en las escaleras o en ciertas líneas de tranvía que ya habían sido electrificadas.

Al principio no hubo más remedio que interrumpir la asistencia a la escuela; por fortuna, las vacaciones de Pascua estaban cerca. A continuación confiaron el secreto a un médico. No era conveniente que el asunto se difundiera.

Wolfram no podía ofrecer mucha información; se había acostumbrado a sus propias ausencias. Casi las anhelaba, pues tenía la impresión de que se volvía muy ligero y se contemplaba a sí mismo desde lo alto mientras levitaba. No recuperaba su peso hasta que regresaba de tal estado; entonces sufría una sacudida que atravesaba sus huesos como si el pasajero de un tren tirase del freno de emergencia. Wolfram sólo era capaz de expresarlo mediante palabras confusas. Su padre escuchaba con malestar.

El doctor Edelstein acudió para una primera visita; el examen fue concienzudo, y le siguió una larga conversación con el padre en el salón. Mientras tanto, Wolfram los espiaba desde la terraza, adonde había ido a jugar con su panorama. Retuvo aquellas palabras literalmente, sin entenderlas, pero fueron madurando en su memoria. He aquí una peculiaridad de su talento: en su conciencia podían sembrarse palabras como semillas que tardan años o décadas en germinar.

–Señor comandante –oyó decir Wolfram al doctor–. No hay por qué temer un brote epiléptico; aunque el caso de su hijo presente algunas similitudes con la epilepsia, podemos descartarla. Se trata más bien de ausencias en estado puro, sin duda extraordinariamente intensas. Sospecho que guardan relación con un desarrollo intelectual de una intensidad igualmente extraordinaria. En este sentido, podría interpretarse incluso como un indicio favorable, si bien debemos actuar con cautela. Sea como fuere, señor comandante, puedo tranquilizarle al respecto, aunque sin garantías absolutas: nos las vemos con una crisis transitoria que, ojalá sea así, encontrará una conclusión favorable.

Y Wolfram oyó responder a su padre:

–Señor doctor, no sé cómo agradecérselo. Nos habíamos temido algo más grave; sin embargo, no bajaremos la guardia. Sólo me preocupa mi traslado, esta vez a China, al batallón de marina. Wolfram se mudará a casa de sus abuelos, donde no me cabe duda de que estará en buenas manos, sobre todo si usted sigue prestándonos su apoyo y sus consejos. No debemos perder la esperanza, aunque naturalmente no podemos estar detrás de él cada vez que suba las escaleras.

El padre preguntó a continuación:

–¿Puedo ofrecerle otra copa de vino?

En ese momento entró la madre. Y dijo:

–Me preocupa que el niño lea demasiado. Le sorprendo leyendo en plena noche, sí, incluso cuando comienza a clarear. ¿No podría eso agravar sus ataques?

El doctor no rechazó esa posibilidad, si bien añadió ciertos matices. A su juicio, la lectura, sobre todo la de literatura fantástica, entrañaba riesgos, pero no menos que su prohibición; como en el caso de una droga, su privación podía provocar un peligroso descenso a una temperatura mínima y que el afectado se sumiera en un estado de postración intelectual. Eran aconsejables los paseos, los juegos, la afición al panorama también era beneficiosa; en general, todo aquello orientado a la vida práctica.

La conversación dio enseguida un giro hacia asuntos más personales. Hacía apenas dos años que el doctor Edelstein se había establecido allí y ya había adquirido una reputación considerable, a pesar de que la ciudad era demasiado pequeña para su campo de especialización; no obstante, las enfermedades nerviosas habían aumentado desde finales de siglo. Había cursado estudios universitarios en Viena, donde alcanzó la plaza de profesor auxiliar, pero no tardó en mudarse; al parecer, no le gustaba hablar sobre los motivos que le habían empujado a hacerlo. Estaba casado, pero no tenía hijos. Sin embargo, tenía un sobrino, el hijo de su hermana, desposada en Rusia, que le ocasionaba desvelos similares a los causados por Wolfram a sus padres, aunque por otras razones. Ese sobrino vendría pronto a la ciudad para estudiar en el instituto; se llamaba Siegfried, y el doctor le esperaba con ilusión. Al igual que los antiguos Césares, prefería la adopción a la paternidad biológica; en este caso había encontrado reunidas ambas formas de parentesco.

–El padre de Siegfried, mi cuñado, se llama Werner Cohn. Es joyero en Moscú, donde hace buenos negocios; sobre todo por Pascua, le encargan valiosos regalos. Ahora acaba de regresar de Manchuria. La guerra ha terminado, y, cuando vuelven a casa, los generales desean llevarles a sus esposas un buen obsequio. Con ese fin, mi cuñado ha rellenado de joyas su pelliza de cordero y, una vez allí, las ha canjeado por billetes de banco.

Después volvió a hablar de su sobrino. Su cuñado lo había empadronado aquí bajo el nombre de Siegfried Krome y, en general, había dispuesto todo lo necesario. Este acto de embellecimiento lo había conseguido gracias a un generoso donativo –«son apaños bajo mano».

El padre de Wolfram preguntó:

–¿Un dispendio como ése a causa de los antisemitas, que apenas tienen peso en nuestro país, exceptuando a unos cuantos imbéciles?

–Pero que resultan contagiosos. Además, señor comandante, usted no sabe lo que significa llevar el apellido Cohn[20] durante cincuenta años; se soporta durante el día y se transforma en pesadilla por la noche.

»Aparte de eso, mi cuñado aún sufre de una manía que, al parecer, se ha vuelto bastante común. Consiste en un desdoblamiento de la conciencia en virtud del cual se anhela ser lo contrario de lo que se es. Así, mi cuñado se siente menos en casa en Moscú que en Potsdam. Yo diría que, en este punto, él podría tomar partido por cualquier *Junker.*[21] Mi hermana, que tiene conocidos en Moscú, me cuenta: «Un día llegará al extremo de colgar en su balcón la bandera por el cumpleaños del emperador alemán, mientras gana su dinero con el zar».

Lo malo era que el cuñado le había pegado su manía a Siegfried. Éste quería ser oficial y servir nada menos que en la caballería prusiana. Para colmo, era extraordinariamente bajo, aunque a su juicio esto podía representar incluso una ventaja para un húsar de Zieten.[22] «Y a caballo uno aparenta ser mucho más alto.»

Al parecer, esto complació al padre de Wolfram, y también a su hijo, que seguía escuchando. Siegfried podría comenzar por el transporte del bagaje. En cualquier caso, no le quedaba más remedio que servir en el ejército. O bien subiría en el escalafón, o bien se curaría de su capricho.

–Pero, señor comandante, ¿ha visto usted alguna vez a un general judío?

–En la Biblia hay toda una legión. Además, creo que no tardará en suceder. Dicho sea entre nosotros, yo hubiera preferido ser consejero comercial antes que general.

Wolfram escuchó a los adultos conversar sobre las ventajas y los inconvenientes de establecerse en un lugar u otro por motivos de trabajo o por vacaciones; por ejemplo, la estancia podía ser más o menos agradable en Norderney o Borkum, en París o Múnich. Le llamó la atención que el doctor, por quien profesaba un gran afecto, se refiriese a sí mismo y a su interlocutor con la expresión «la gente como nosotros». Ambos se mostraron de acuerdo en que lo mejor para Siegfried era terminar aquí el instituto y luego cursar sus estudios universitarios en Berlín; entonces ya estaría encarrilado.

El doctor dio por concluida la consulta y la visita:

–La figura del húsar de Zieten es uno de los sueños típicos de la pubertad, que suelen acabar en bruscos aterrizajes. Su Wolfram sueña de modo parecido, pero más al estilo de *Las mil y una noches*. Parta sin preocuparse; yo cuidaré de él.

Segunda parte
El segundo camino a la escuela

Los padres se encontraban en ese momento muy lejos, más allá de Königsberg. No regresarían antes de tres años; mientras tanto, Wolfram permanecería al cuidado de sus abuelos.

Como no alcanzaba el nivel para estudiar en el instituto, le llevaron al colegio Tegtmayer, un renombrado centro privado. Aunque fuese tachado de «academia de repaso»,[23] era eficaz como puente para salvar los escollos. No se puede negar que lo frecuentaban alumnos incapaces de seguir las clases de la escuela pública o que habían sido expulsados de ella. Incluso los profesores eran gente que no había estado a la altura o que había fracasado por muy diversos motivos.

La matrícula era cara, por eso en el colegio Tegtmayer sólo se veían niños de familias acomodadas; para los profesores, que ya impartían la clase malhumorados, esto constituía un motivo más de disgusto. Sólo tenían una cosa en común con sus alumnos: sentían que estaban en el lugar equivocado. Así, el único objetivo de las clases era que los alumnos empollasen la lección. No se podía negar que el método tenía éxito; en esto se basaba la fama del colegio, reconocida incluso por el abuelo.

Aunque Wolfram no sufría ningún ataque desde hacía semanas, habría sido conveniente que el abuelo le hubiera acompañado en su primer trayecto a la escuela; sin embargo, el hombre tuvo que guardar cama. Sufría de gripe cada vez con mayor frecuencia. De todas formas, le había descrito y mostrado el camino a su nieto.

Precisamente esa mañana, los guijarros que había empleado para construir el panorama resplandecían con una belleza insólita. Por eso no resulta sorprendente que Wolfram llegase tarde, nada menos que con un cuarto de hora de retraso; y encima tenía clase con Hilpert, el profesor de matemáticas.[24] Además, no encontraba la puerta del aula.

Cuando el bedel le abrió la puerta, la clase rompió a reír maliciosamente como si obedeciera a una orden, y el hombre sentado en la cátedra se sonrió. Sin embargo, esa sonrisa no presagiaba nada bueno. Animadversión a primera vista.

–Vaya, el nuevo –y acompañó sus palabras con una mirada emponzoñada.

Hilpert debía de ser bilioso, sus ojos brillaban con un color amarillento. La clase acabó pronto; Wolfram rumiaba: «Ése espera una disculpa». Aunque lo penoso no era precisamente que le faltaran las palabras, sino que le acudieran demasiadas. Se agolpaban como burbujas en el cuello de una botella. Pero no le salía más que un tartamudeo y un balbuceo, además de las palpitaciones, como si estuviera a punto de sufrir una de sus crisis.

Esto pareció divertir todavía más a Hilpert («Vaya, otra vez uno de esos idiotas que nos dan tanta faena»).

Hilpert era un excelente matemático. Se había distinguido como profesor universitario en la misma Gotinga.[25] Y tenía conciencia de ese honor, aunque se despreciaba a sí mismo por ejercer de azote de mocosos. Había cometido el error, causa de ruina para tanta gente, de casarse por amor y demasiado pronto. Enseguida llegó el primer niño, un aborto. La mujer se dio a la bebida; y bebió cada vez más, hasta que ya no fue posible ocultarlo. Un profesor en cuya clase no deja de entrar y salir el ujier no tiene cabida en un instituto. Tuvo que darse por satisfecho cuando Tegtmayer lo aceptó.

Hilpert tenía olfato para reconocer los temperamentos que, como él, se habían descarriado, y en el colegio no faltaban ejemplos; ni entre el alumnado ni en el claustro de profesores. Todos compartían su destino cual náufragos en un bote que hace agua, pero, en lugar de compadecerlos, Hilpert los acosaba. ¿Por qué, entonces? Lo que transmitía a los demás era el odio que sentía hacia sí mismo. De ahí también la sonrisa ambigua con que había recibido al nuevo. Lo había calado por su desamparo.

Para su fortuna, Wolfram sólo tuvo que sufrir aquellas clases hasta que la situación de Hilpert se hizo insostenible, incluso en Tegtmayer. Esto no duró más que un trimestre, pero sus miedos se mantuvieron de por vida.

Hilpert se sentaba raras veces en la cátedra; permanecía de pie en un rincón, desde donde abarcaba con la vista tanto la pizarra como la clase. Wolfram procuraba evitar su mirada; sin embargo, cuando la rozaba, veía sus ojos amarillos como yemas de huevo. La mera presencia del profesor le llenaba de angustia, y el desasosiego ante la posibilidad de que le sacara a la pizarra, por ejemplo, para construir un triángulo y realizar algún cálculo, no le abandonó jamás. Aunque hubiera sabido hacerlo, no habría sido capaz. Esta amenaza le atormentaba también en casa: de noche tenía pesadillas.

Resultó curioso que durante ese trimestre

Hilpert sacara a la pizarra a todos los alumnos menos a Wolfram. La mayoría resolvía el problema a duras penas, dos o tres incluso con elegancia. Ya se veía cómo lo harían en el momento en que cogían la tiza. Wolfram los envidiaba. No le tenían ningún miedo a Hilpert, aunque tampoco sentían por él afecto alguno.

Si Wolfram hubiera resuelto satisfactoriamente el ejercicio en la pizarra, incluso si lo hubiera bordado, habría puesto rabioso al profesor de todos modos. Wolfram no lo sabía con certeza, pero tenía la impresión de que a él no se le juzgaba por su rendimiento. Por ese motivo, cuando se le formulaba una pregunta, no podía más que farfullar, supiera o no la respuesta. En su caso se trataba de algo más que de matemáticas.

El tartamudeo aumentó; esto asustó a los abuelos. El doctor Edelstein supo cómo tranquilizarlos: era algo pasajero. Disminuiría hasta desaparecer, como las ausencias, con las que formaba un cuadro clínico. Ambos fenómenos eran síntomas de una crisis excepcionalmente intensa. Había que vigilar al joven.

En una ocasión, la abuela se despertó a medianoche y encontró al nieto preparando la mochila para ir a la escuela.

El doctor comentó: «Los sueños sobre exámenes son los peores; influyen directamente sobre el nervio de la angustia».

Esta vez el doctor vino en coche y trajo consigo a su sobrino para que se fuera habituando a la ciudad y a la gente. Wolfram entabló amistad con él. No tardó en profesarle admiración.

El doctor excluyó la posibilidad de que el tartamudeo se debiese a causas orgánicas. A su juicio, era un trastorno de naturaleza nerviosa y admitía un pronóstico favorable. Wolfram se atascaba en sus explicaciones cuando llegaba con retraso a la escuela tras haber recorrido a toda prisa el último tramo del camino. Entonces se le trababa la lengua, sobre todo en clase de Hilpert, que disfrutaba con la situación. El balbuceo se agudizaba a medida que avanzaba el año y remitía en el periodo de vacaciones. Podía llegar al extremo de que, cuando se le formulaba una pregunta, Wolfram permaneciera mudo a pesar de conocer muy bien la respuesta. Según el doctor, esa disposición era más común de lo que la gente imaginaba; en la mayoría de las personas se encontraba en estado latente y en general era conocida bajo el nombre de «angustia ante el examen». Por lo demás, Wolfram gozaba de buena memoria, especialmente para los poemas; era capaz de recitarlos tras haberlos oído o leído una sola vez. El profesor de alemán, Herr Wiest, que apreciaba a Wolfram, había vislumbrado en él a un alumno con muchas más aptitudes de las que uno podía sonsacarle. Cuando le preguntaba por un poema y advertía que se atascaba, le apuntaba amistosamente la primera estrofa como un director de orquesta que alza su batuta. De ese modo lograba tirar del hilo; Wolfram se acordaba y todo iba «como la seda».

El tartamudeo tenía su origen en el mismo trastorno que las ausencias, y éstas [tampoco] había que tomarlas, como ya se ha dicho, tan en serio, pues [el doctor Edelstein] excluía la epilepsia como causa. Sin olvidar que mucha gente, incluidos los genios, se las había arreglado para convivir con ello.

–En este caso, no nos enfrentamos con una carencia, sino con una sobreabundancia. Si usted coge una botella llena hasta el cuello y la pone rápidamente boca abajo, no caerá al principio ni una sola gota. Esto es el estado de ausencia. A continuación, las burbujas comienzan a borbotear. Esto es el tartamudeo, si seguimos con el símil; Wolfram intenta expresar más de lo que es posible decir con palabras. La terapia debe colocar el recipiente en su posición correcta: ni demasiado inclinado, ni demasiado recto.

Los médicos recurrían en tales casos a las sangrías y a las purgas, salvo que considerasen esos recursos como un lujo que sólo podían permitirse los niños de buena familia. El doctor Edelstein, por el contrario, prefería mantener con Wolfram largas y cuidadosas conversaciones. Procuraba sondearlo, se remontaba a las relaciones con su padre y su madre, a sus primeras experiencias, en particular a sus angustias, también a sus sueños. Wolfram respondía con gusto, pues el doctor le tomaba en serio y además se mostraba amistoso. Cuando le preguntaba por sus héroes, contaba con vivacidad la historia de Stanley, de Gérard «el Cazador de leones» y de Old Shatterhand. El doctor lo anotaba en su cuestionario bajo el título de «Tendencias agresivas». Las angustias, que el muchacho debía de haber sufrido hasta quedarse sin aliento, contrastaban sobremanera con aquellas tendencias. A veces se decantaba por un término medio; así, entre los héroes de la guerra de Troya, prefería a Héctor antes que a Aquiles. El doctor anotaba: «Prefiere ser vencido en la retirada que en el ataque». Por otra parte, la velada de Aquiles con Patroclo era grandiosa. El modo en que se abrazaban rodeados por el botín de esclavas encarnaba la amistad hasta la muerte.

El doctor escuchaba estas historias como un pescador atento a los movimientos de su caña. Preguntó a Wolfram por sus compañeros de clase, si entre éstos había alguien que pudiera gustarle tanto como Patroclo a Aquiles o Winnetou a Old Shatterhand. Wolfram no sentía afecto por ninguno. Además, era nuevo en clase; la mayoría de sus compañeros, a los que apenas conocía por sus nombres, le eran indiferentes, y algunos incluso le habían resultado antipáticos de buenas a primeras.

El doctor no cejaba en su empeño:

–Imagínate que fueras el director del colegio tras su escritorio y, como el faraón que sostiene su cetro, tuvieras la férula en tu mano. Y que a tus pies un joven y una muchacha hubieran hecho alguna travesura juntos...

–¿Qué clase de travesura? –quiso saber Wolfram.

–Eso no importa; tal vez le han puesto una chincheta en la silla. Pero ¿a quién de los dos castigarías en primer lugar y con mayor placer?

Sin embargo, Wolfram no deseaba pegarles. Antes los habría sometido a un largo interrogatorio sin dejar de sostener el cetro en la mano, hasta que prometieran no volver a hacerlo. Tal vez también los obligaría a arrodillarse.

Cuando a continuación el doctor pasó a los sueños, se interesó en particular por aquellos que se entrelazaban con las ausencias o que incluso [las] colmaban. Durante el día no podía hablarse de sueños; las ausencias introducían simplemente periodos muertos, o bien anulaban el tiempo por completo. Wolfram permanecía en la posición en que se encontrara, ya fuera erguido, acostado o sentado en el banco de clase. No se agitaba; tampoco se desmayaba. Alguna vez había sentido como si, tras elevarse, se hubiese alejado hacia arriba hasta contemplarse desde lo alto, pero sólo por un instante.

Al dormirse era diferente. Cuando le asaltaba el sueño, no se dormía de inmediato, pero tampoco se mantenía despierto. Siempre que un coche pasaba por la calle a una hora tardía, oía cómo rodaban las ruedas y chacoloteaban las herraduras. También era capaz de seguir la conversación de los abuelos, que aún charlaban una horita en la estancia contigua, y encontrarse simultáneamente en otro espacio y otro tiempo. Era como si le hubieran dado la vuelta a una pizarra cuyo reverso estaba pintado y escrito con otras imágenes y signos. Pero la pizarra era transparente. Por eso podía escuchar con atención la charla de los abuelos mientras él mismo conversaba con un desconocido que estaba sentado a su lado en la cama.[26] Las imágenes y los sonidos podían también combinarse y transformarse unos en otros. Entonces se volvían muy poderosos. Cuando los cascos de los rocines de un coche de alquiler chacoloteaban en la calle, el corcel plateado de Old Shatterhand se aprestaba a saltar sobre el abismo.

Una gran fuerza parecía afluir en los sonidos: resultaba espantoso cuando un perro ladraba en la calle; inquietante cuando abajo, en el vestíbulo, se abría la puerta de casa.

Algo parecido ocurría con las imágenes; objetos cotidianos, por ejemplo, una vela, un tintero o una cerilla, comenzaban a brillar como si se encendiese una luz oculta en su interior. Su resplandor se volvía pronto insoportable, hasta que Wolfram lo apagaba o corría la cortina. Para poder hacerlo, debía saber que estaba soñando; entonces tenía la llave en la mano. Si la hubiera perdido, se habría quedado preso y nunca más habría encontrado la salida.

Las conversaciones progresaron hasta entrar en pormenores. El doctor venía ahora con más frecuencia. El estado de Wolfram, especialmente sus sueños, se convirtieron para él en una mina. A partir de entonces llevó un diario sobre el tema.

«Todavía a mediados del siglo pasado habría [podido] escribir un libro sobre esta materia, como Justinus Kerner sobre su "vidente".[27] Hoy día constituye un "caso" para las revistas médicas y, como tal, harto instructivo.»

Al considerar a Kerner como su antípoda intelectual, el doctor había dado en el blanco, pues para éste los sueños y las visiones venían del exterior o, al menos, era probable que así fuese; aún no se consideraban, como hoy era sabido, «elaboraciones caseras». La vidente de Kerner recibía mensajes desde lo más remoto; por el contrario, para los modernos procedían de sus propios abismos; los investigaban remontándose, como arqueólogos, a cuentos y mitos y, como neurólogos, a estadios embrionarios. Era también un fenómeno laberíntico, como el tejido nervioso. Aquello que para Kerner era espacio, para ellos era tiempo. Estaban tan seguros de sus cosas como los antiguos de las suyas.

El gran modelo de los modernos era Descartes. Incluso habrían podido refinar la máxima de éste: *«Dubito, ergo sum»*. Y si los santos hubieran tenido algún significado para ellos, habrían elegido al incrédulo Tomás; pero iban más lejos que él. Cuando el apóstol retiró la mano después de tocar la herida de Cristo, no fue capaz de exhibir ningún rastro de sangre, pues un cuerpo espectral puede mostrar colores, pero por él no circula la sangre. ¿Y qué más da? Si Tomás hubiera tenido sangre en la mano, no habría podido ser más que la suya.

Wolfram aseguraba que había mantenido conversaciones con visitantes antes de dormirse, y que por tanto no las había soñado. En su caso se trataba, como opinaba el doctor, de un grado exacerbado de imaginación. No le parecía que estuviese exento de riesgos, pero consideraba preferible que de momento no hablase del asunto ni con sus padres ni con sus abuelos.

Wolfram sólo podía mencionar por su nombre a uno de sus extraños visitantes, a saber,

Sócrates; lo cual, para un alumno en su tercer año de latín, no era sorprendente. Además, el joven había leído mucho, más de lo que le resultaba provechoso. Sin embargo, en sus notas el doctor subrayaba (con lápiz rojo) muchas de las frases atribuidas al fantasma de Wolfram. Podría haberlas dicho el propio anciano.

Cuando una enfermedad tiene causas diversas, hay que prevenir el más insignificante pinchazo, la más mínima astilla. En el caso de Wolfram, eso era pedir demasiado.

La desgracia se produjo allí donde el parque municipal vuelve a lindar con las viviendas, a medio camino entre la escuela y la casa de los abuelos. En el aula, la atmósfera estaba cargada, como antes de una tormenta; Hilpert había dado su última hora de clase: geometría. Tal vez la lección le había resultado especialmente fastidiosa; su odio era más intenso que nunca. Había encontrado además un medio para agudizarlo: ya no le bastaba con mirar fijamente. Se trataba de construir un triángulo con regla y compás a partir de dos líneas y un ángulo: un ejercicio fácil, familiar incluso para Wolfram, aunque tuviera la impresión de que sería incapaz de hacerlo. Ya comenzaba a tartamudear en su mente.

Hilpert escribió los datos en la pizarra como si colocara las vallas de un establo y miró a su alrededor como un caballerizo mayor. Naturalmente, no eligió a ninguno de los que se adelantaban ofreciéndose como voluntarios. Por el contrario, se puso a balancear la cabeza como una cobra, mientras observaba fijamente los bancos. Pasaba por alto a Wolfram, pero volvía sobre él con una sonrisa que duraba una eternidad. Se parecía a la ceremonia previa a una ejecución que no pudiera consumarse; reclamaba una continuación.

El bedel tocó la campana; la clase había acabado, pero Wolfram no dejó de sentirse perseguido. Hilpert le pisaba los talones; y cuando le atrapó, sucedió lo que sucede a menudo antes de las ejecuciones.

Tenía que suceder precisamente en su cumpleaños. Hay días que nos transportan de improviso a un nuevo estado; como si el destino nos otorgase una condecoración o nos despojara de los galones. Lo cual se inscribe en el registro: logro o fracaso.

La abuela no se había olvidado de su cumpleaños. Aunque ya era verano, el plato preferido de Wolfram humeaba sobre la mesa: sopa de guisantes con salchicha. La sopera estaba orlada por una corona de perejil. Las fresas del postre ya estaban listas.

La salchicha, cortada a rodajas y bien frita, estaba dispuesta en un plato al lado de la sopera; después fue añadida a la sopa junto con daditos de pan igualmente fritos. Aunque ya no bendecían la mesa antes de comer, procedían según un antiguo ritual familiar.

El plato también agradaba al abuelo, sólo que hoy, como suele decirse, había encontrado un pelo en la sopa, porque se había enfadado en la escuela y, para colmo, hacía un día bochornoso. Dijo:

–Mi pequeña Mina,[28] el aire es irrespirable, haz el favor de abrir la ventana.

Las flores colocadas sobre el alféizar dificultaban la apertura, y además entraba cierto tufo del exterior. Por la mañana, los ulanos habían salido a pasear a caballo, y la calle aún no estaba barrida. Tras esta y otras conjeturas, al abuelo le asaltó una sospecha:

–El muchacho debe de haber pisado algo.

A la abuela también se lo parecía; ya había pensado en esa posibilidad antes.

Wolfram había aplicado el oído a la conversación como un conejo cuyas orejas se alargan a medida que el cazador que le sigue el rastro se va aproximando. Ahora ya no había escapatoria. No le quedaba más remedio que salir del comedor con la abuela. Una vez fuera, ella le quitó el traje y la muda con las puntas de los dedos.

La vivienda no disponía aún de bañera, un lujo que el abuelo no sólo no echaba en falta, sino que además tenía por superfluo. A fin de cuentas, decía, uno se baña en su propia suciedad. Y el despilfarro alcanza pronto sumas increíbles; cuando un bebé se hace pipí, se gastan diez litros de agua para lavarlo. Adónde nos conducirá todo este derroche, nadie lo sabe.

En la cocina había un barreño de madera

que los sábados se llenaba con agua templada. Wolfram se sentó en su interior y la abuela le enjabonó y después le aclaró estrujando una gran esponja sobre su cabeza. He aquí lo que ocurrió esta vez: la sopa permaneció intacta sobre la mesa.

Para cosas totalmente simples hay también palabras simples: «hacer», «tener», «poder»; son *verba auxiliaria,*[29] como Wolfram había aprendido en clase de latín. Palabras vigorosas que ejercitan los músculos.

En una ocasión, en el patio de la escuela, había oído cómo dos alumnos mayores de los últimos cursos del instituto (¡ya independientes!) mantenían una conversación en la que uno le preguntaba al otro: «¿Tú ya lo has hecho?». Y al decir esto rompieron a reír de un modo extraño.

Ahora, tras el baño, la abuela había dicho:

–Wolfram, cuando tengas que hacer otra vez tus necesidades por el camino, ve a la casa más cercana y toca el timbre de la planta baja.

Cuando te abra la puerta la criada o la dueña de la casa, quítate la gorra y pregunta si puedes utilizar la privada.

El consejo dio resultado, especialmente los viernes, cuando Hilpert daba su última clase y no cesaba de acosarle. Ya la primera vez, una mujer amable le abrió la puerta y se mostró comprensiva. Le dio la llave, pues la privada se encontraba en el entresuelo; eso estaba bien. Cuando le devolvió la llave, expresó su agradecimiento de modo cortés, tal y como su abuela le había enseñado («Cuando la dueña de la casa acuda en persona, tienes que decir "señora"»).

Pronto fue como si estuvieran esperándole; no necesitaba dar ninguna explicación. Era asombroso que precisamente en este lugar le abandonara poco a poco la angustia, como si en el dominio de la casa dispusiera de un salvoconducto. Así, puesto que la mujer era tan amable, mantuvo la costumbre. Pero no fue sino una excepción. Se tornó necesario que el doctor le visitase sin cita previa, porque la incontinencia se trasladó a la noche. La persecución de Hilpert proseguía en los sueños. Wolfram sólo se sentía aliviado cuando alcanzaba un prado. En ese paraje podía tomarse un respiro. Y algo más que eso.

Por la mañana, Frieda, la criada, llamaba a la abuela. Frieda procedía del campo; empleaba expresiones ordinarias.

Todos, a fin de cuentas, tenemos un lado oscuro; así, también Hilpert tenía sus noches sombrías, cuando pensaba en su mujer y en su hijo, que [se había] hecho marino y hacía de las suyas en Sankt Pauli.[30] Debía de haber heredado de su madre el alcoholismo. Hilpert sólo recibía noticias suyas por las denuncias o desde prisión. Era probable que cada mujer le recordara a su esposa y cada alumno a su hijo, en particular Wolfram.

Había también instantes luminosos en los que reconocía en una mujer de la calle y en un alumno a la esposa y al hijo imaginarios que le habría gustado tener.

En clase, delante de Wolfram, se sentaba un joven con traje marinero, que tenía el pelo rubio y se llamaba Beulke, cuyas espaldas ofrecían un buen parapeto tras el cual esconderse. Sin salir de su asombro, Wolfram vio que su atormentador, cuando se paseaba por el pasillo central, aprovechaba para acariciarle el pelo, hasta la nuca, a aquel joven. Al hacerlo no se detenía, sino que seguía caminando mientras movía la mano como quien roza una redondez al pasar. Pero ¿cómo era capaz de hacer algo así un individuo tan terrible? Resultaba inquietante.

Wolfram decía en la pausa entre clases:

–Beulke, cómo te aprecia *el* Hilpert.

Y Beulke se echaba a reír:

–Ése sólo quiere darme coba.

Ahí estaba la diferencia. Beulke era el hijo de un brahmán, al tiempo que él, Wolfram, no era sino un paria. Probablemente el comandante no fuera su verdadero padre; él, Wolfram, debía de haber sido cambiado en la cuna o, en cualquier caso, tener un origen oscuro. Ésa era una de sus fantasías favoritas durante la época de Hilpert.

Como la tortura, las tribulaciones poseen diversos grados que influyen en el sueño; y al despertar uno vuelve a encontrárselas como un perro de presa. Al final se hace imposible conciliar el sueño.

Así era como se sentía Hilpert a las dos de la mañana; era su hora crítica. Entonces iba a la cocina a beber coñac; tras pasarse una hora cavilando sobre sus penas, cogía la botella y despertaba a su mujer, pero no como en los primeros tiempos, cuando se reconciliaban al modo usual. Bebían juntos y se reprochaban mutuamente sus vidas fracasadas. Comenzaban hablando bajo, con rencor, luego alzaban la voz hasta que alguno de los vecinos golpeaba la pared. En cierta ocasión, uno había gritado desde la ventana: «¿A que llamo a la policía?». Al final empezaba ya a clarear. Hilpert había tenido la precaución de trasladar su clase a la última hora. Sin embargo, era natural que su situación se hiciera pronto insostenible, aunque el colegio tuviese que contentarse con un profesorado de segunda categoría, ya fueran diletantes o individuos que, por un motivo u otro, habían fracasado como servidores públicos.[31]

El despido de Hilpert «bajo circunstancias desagradables» fue algo más que un golpe de suerte: fue una liberación para Wolfram, que recuperó rápidamente el tiempo perdido, incluso en matemáticas. Aunque se había asegurado la admisión en el instituto, aquel periodo de terror dejó huella en Wolfram.

Los abuelos volvieron a sentirse contentos con él. No es que antes se hubieran mostrado poco afables, pero Wolfram había escuchado ciertas alusiones a través de la puerta; en esa época había desarrollado un oído especialmente fino. El abuelo había dicho: «Los chicos nos han endosado una carga bastante pesada con este muchacho»; con «los chicos» se refería a los padres de Wolfram. Pero ahora los abuelos estaban contentos. El doctor Edelstein era realmente un buen médico. El doctor era modesto:

–Ya les dije que pronto lo sacaríamos del pozo donde había caído; es verdad que tales crisis no son normales en la pubertad, pero tampoco son insólitas; cabe incluso contemplarlas como una especie de válvula de escape que evita tal vez males mayores.

Si Wolfram consideraba retrospectivamente el interregno de Hilpert como su «época de paria», se debía a sus muchas lecturas. El padre poseía una biblioteca, el abuelo una estantería de libros donde, junto a los tres clásicos (Schiller, Goethe, Heine), figuraba una *Historia cultural de todos los pueblos.* Dado que había pocos libros sobre los que Wolfram aún no se hubiera lanzado, ya fuera por deseo de los padres, con su consentimiento o de modo clandestino, esa voluminosa obra tampoco se libró de su curiosidad. Durante el periodo de Hilpert le había impresionado singularmente, del tomo dedicado a los hindúes, el capítulo sobre el sistema de castas. Era bueno pertenecer a una casta, aunque fuera a la de los sudras, que todavía hoy se consideran puros. Pero los parias no pertenecían a ninguna casta. Ellos eran los intocables, los impuros; incluso la comida se pudría con sólo proyectar su sombra sobre ella. Ése era justamente el estado en que Wolfram se sentía, la situación que sufría. En clase apenas se atrevía a respirar para no contaminar el aire, y durante el recreo buscaba siempre los rincones más alejados. Cuando veía a los otros conversar, estaba seguro de que murmuraban algo sobre él. Cuando se escondía en el retrete, daban golpes a la puerta y le observaban a través del agujero de la cerradura. Era feliz cuando se encontraba de vuelta en casa con Siegfried, el sobrino del doctor. Éste sabía lo que aquéllos maquinaban en «la necesaria»,[32] y se mofaba de ellos.

Siegfried sabía muchas cosas, casi más que los mayores; conocía también los secretos de éstos. Wolfram no comprendía, o sólo a medias, gran parte de lo que Siegfried contaba, pero sospechaba que era importante.

Siegfried había estado en el cuerpo de cadetes, pero no le había gustado el lugar.

–A la hora del desayuno teníamos que desfilar ante una caja de la que cada uno sacaba un panecillo seco. Quien había hecho mal los ejercicios ni siquiera recibía sal. Y los golfos de la calle gritaban a nuestras espaldas: «¡Cadete, cadete, muerto de hambre!». En contrapartida, nos permitían llevar uniforme y una bayoneta. Al mediodía, guisantes en conserva o cebada, también jalea de sémola con frutos del bosque si la mujer del médico comandante estaba de buen humor. Una vez incluso vino el emperador en persona; me dio un golpecito en el hombro.

Siegfried también leía mucho; en el colegio era petulante pero buen alumno. Eso le había dicho su tío al abuelo.

Ocurrió que mientras Wolfram leía la *Historia cultural,* descubrió a Karl May y se entusiasmó por su héroe. Así, ora sufría como paria, ora se transformaba en un hombre de acción como Old Shatterhand, pero sin tender ningún puente entre ambos papeles; es decir, que el puñetazo propinado de improviso no delataba la rebelión de un humillado, sino tan sólo la metamorfosis repentina en Old Shatterhand. Se abalanzaba como un relámpago sobre sus víctimas sin que éstas pudieran defenderse, pero los padres de los afectados se quejaron al abuelo.

Tercera parte
El tercer camino a la escuela

Así estaban más o menos las cosas cuando comenzó el tercer camino a la escuela. El nuevo tutor del curso también era antipático, pero de otro modo; no podía decirse que Wolfram hubiese salido del lodo para caer en el arroyo.

Ahora se mostraba, si no alegre, al menos equilibrado, y había dividido el trayecto en tres partes. El primero estaba dedicado a la poesía. Recitaba, tanto en voz alta como para sus adentros, todo aquello que le gustaba; no es posible decir lo que había aprendido, pues retenía inmediatamente cuanto había oído o leído. Esto sorprendía al abuelo, si bien solía decir: «Schiller se aprende solo». Y volvió a decirlo durante la conversación que mantuvieron cuando cayó en sus manos el cuaderno en el que el nieto copiaba sus versos preferidos; la misma práctica de la escritura le suscitaba placer.

Desde su época de magisterio, el abuelo fumaba una pipa larga que, una vez cargada, duraba dos horas encendida. Después tenía la costumbre de leer en el sillón, mientras la abuela se adormecía en el sofá, aunque nunca tan profundamente como para [no] poder contestar a sus preguntas. Delante de él tenía un atril, donde en esta ocasión había colocado el cuaderno de Wolfram. Le gustaba que el joven anotara poemas, entre otras cosas porque era señal de que se sentía mejor. Hojeó las páginas y dio por casualidad con los bellos versos:

En la alcoba, alejado de la fiesta,
sentado está el amor, y fiel vigila,
para evitar que huéspedes osados
puedan turbar la paz del nupcial lecho.[33]

Aspiró la pipa y meneó la cabeza:

–Wolfram, ¿tú lo entiendes?

–Yo también le he dado vueltas a qué podrían estar haciendo los huéspedes.

El abuelo se echó a reír:

–¿Sabes?, tirarían polvos efervescentes al orinal y gastarían otras bromas por el estilo.

Después prosiguió su lectura. Le alegraban

también los versos de los cánticos litúrgicos de los poetas silesios, entre otros. «Ten esperanza, oh, mi pobre alma»,[34] «Jerusalén, tú que te alzas sobre la Tierra»,[35] «He visto a lo lejos, Señor, tu trono»,[36] «Oh, Eternidad, truena tu palabra»;[37] no se habría esperado esto de un joven que iba tan poco a la iglesia como sus padres o sus abuelos, que sólo acudían si les gustaba el sermón.

El viejo siguió hojeando el cuaderno. A continuación venía un apéndice; pero no ese tipo de apócrifos de los que Martín Lutero dice que su lectura es útil e instructiva, sino aquellos que se difunden con palabras indirectas o se leen esgrafiados junto a la cisterna del retrete mientras uno se vuelve a abotonar el pantalón:

> El hombre es un tintero
> cargado de tinta roja.
> Y por delante cuelga el fusil,
> debajo el saco de pólvora,
> cargado con dos cartuchos,
> y por detrás el escenario de guerra,
> donde los cañones truenan.

El abuelo rompió a reír.

–¿De dónde has sacado esto? Seguramente de... –mencionó el nombre de uno de los jóvenes campesinos que se sentaban delante de él en el banco de la clase.

Luego continuó leyendo:

Yo te deseo una blanca montura
y un coche con entalamadura
y una moza de dieciocho abriles
con quien montar y viajar tú no vaciles.

Inclinó la cabeza:

–No suena mal.

Wolfram había citado asimismo la fuente: el álbum conmemorativo de un cumpleaños de su padre, «dedicado por sus camaradas». Lo había hallado en el suelo, entre viejos papeles.

Después el rostro del abuelo se ensombreció. Señaló con el dedo las siguientes líneas:

La primera vez vino sangre,
la segunda vez fue rápido,
la tercera vez llegó un niño.

–¿Dónde has encontrado estas cochinadas?

–Se lo he oído decir a uno de los mayores.

Wolfram se guardó para sí que ese mayor era Siegfried. Ya había aprendido de él bastantes cosas.

Mientras cruzaba el parque municipal, Wolfram recitaba con fruición los poemas –el abuelo tenía razón: Schiller era incomparable; los versos fluían como si uno mismo los hubiera compuesto, dado que toda distancia respecto a ellos se había esfumado.

Junto a la fuente, sentado, el niño
trenzaba una guirnalda de flores
y, arrebatadas por la corriente,
las contemplaba en su danza ondulante.[38]

Cuando oía estos versos, se liberaba de sus preocupaciones. Y pensaba: «Si alguna vez me viera en la cárcel –algo que ocurrirá seguramente– y llevara a Schiller conmigo, podría soportar incluso la cadena perpetua».

Y no iba desencaminado: el poeta no vence al tiempo, lo anula.

Cuando el camino estaba despejado, se ponía a cantar; no cantaba bien, pero resultaba.

Esa primera parte del camino podría describirse como poética, mientras que la segunda cobraba visos heroicos. La recorría como Old Shatterhand y Winnetou, sus hermanos de sangre, y como Gérard, el gran cazador al que Argelia debía el haber sido liberada de los leones. Al acecho, sin temblarle la mano, sujetaba su rifle provisto de una mira de marfil, mientras aguardaba cerca del abrevadero al «Señor con su imponente cabeza».[39] Gérard era noble; no podía soportar que una mujer fuera ofendida sin salir en su defensa.

En el parque municipal había también pequeñas islas; desde allí, en la piel de Stanley,[40] Wolfram emprendió el viaje por el Congo, desde cuyas orillas los salvajes gritaban: «Ñam, ñam», es decir, «carne».

Y luego Hernán Cortés, antes de la «Noche

triste».[41] Y luego Ariosto. ¿Acaso resulta sorprendente que ya estuviera agotado mucho antes de comenzar las clases?

Así pues, la primera parte del tercer camino era poética y la segunda heroica, mientras que la tercera era angustiosa.

Esa angustia se relacionaba con Corax, el nuevo tutor; no era tan fuerte como la que había sentido hacia Hilpert; «opresión» sería una palabra más precisa. Con Hilpert había sentido desde el primer instante: «He ahí el enemigo»; con Corax, por el contrario: «No puede hacerme sufrir».

Cuando por la mañana, sobre todo en invierno, Corax entraba en clase, una atmósfera de melancolía lo inundaba todo, no sólo a Wolfram. Lo primero que hacía Corax era despojarse de su capa, un capote empapado de lluvia o impregnado de niebla. Después se quitaba sus zuecos, unos zapatos de goma que guardaba en el armario de la clase; el paraguas lo mantenía en la mano. Se servía de él para golpear el suelo cuando se sentía insatisfecho. La insatisfacción era el principal rasgo de su carácter; tenía dos causas: en primer lugar, así como Hilpert era un buen matemático, él era un excelente filólogo. Las faltas leves contra el espíritu de la lengua no le herían menos que una disonancia a quien está dotado de un oído absoluto. Por eso era natural que sufriera más con los alumnos de los primeros cursos del instituto que con los de los últimos; sucedía incluso que entre éstos tuviera un alumno favorito.

En segundo lugar, Corax había perdido a su mujer en los mejores años de su vida, y eso había hecho que se le extinguiera la luz para siempre. Durante las vacaciones de verano, encontró alivio en sus viajes a Roma siguiendo las huellas de Gregorovius;[42] a veces invitaba a alguno de sus alumnos de los últimos cursos que para entonces ya había comenzado a estudiar en la universidad. Mientras se regalaban con un Chianti, conversaban sobre Burckhardt,[43] también sobre Bachofen;[44] sin olvidar a Nerón y a Tiberio.

Corax daba clase a los alumnos de los primeros cursos del instituto de un modo parecido a como lo hacía Nietzsche, que en Basilea alternó su trabajo como profesor universitario con las lecciones en el instituto. Si albergaba algún prejuicio contra Wolfram en particular, era porque su abuelo no le había causado una grata impresión en las conferencias que éste impartía a los maestros. En general, le causaban horror los diletantes, especialmente los darwinistas.

Tales eran los recuerdos que Wolfram guardaba de Corax: un hombre que surgía de la niebla y golpeaba el suelo con su paraguas; y que no le expresaba hostilidad, sino desprecio. ¿Podía ser de otro modo? El propio Wolfram tampoco tenía muy buena opinión de sí mismo. Además, Corax no era en ningún aspecto comparable a Hilpert; era un hombre cabal.

El reparto de las notas
Una lección singular

Las calificaciones de Wolfram fueron satisfactorias, incluso excelentes en alemán e historia. Hasta en latín, a pesar de las numerosas correcciones en rojo, Corax no tuvo más remedio que aprobarle. El doctor Edelstein lo había logrado.

Asimismo, Wolfram había dejado atrás su condición de paria; la herida estaba cicatrizada. Siegfried también había contribuido a ello; no hay nada de lo que uno no pueda burlarse.

El doctor anotó que las ausencias habían desaparecido, como él mismo pronosticara. De todos modos, había algo que escapaba a su entendimiento. Una ausencia es, como su nombre indica, una no presencia. Pero, entonces, ¿dónde está uno cuando no está presente?[45] Allá donde esté, lo que permanece es un vacío. Y en ese claro no sólo se infiltran pensamientos, sino también personajes. Para Wolfram, esto era asombroso, opresivo, angustioso. Le había sido comunicado algo que no tenía su origen en sí mismo y de lo cual él era el médium.

Las notas

Tras quitarse su capote y guardar sus zuecos, Corax, doctor en filosofía y letras, se colocó detrás de su pupitre, donde reposaban un montón de boletines con las notas. Los repasó por orden alfabético; las notas eran definitivas. Aún faltaban las observaciones generales: aplicación, comportamiento, atención. Wolfram soñaba, como de costumbre, hasta que le tocó el turno. Cuando, como era habitual, Corax preguntó: «¿Alguien tiene algo que añadir?», uno levantó la mano y dijo:

–Ése me ha preguntado por una palabra y, como no la sabía, me ha pegado en las costillas y me ha llamado «gordinflón». –Era el hijo de un conocido fabricante y, en efecto, muy obeso.

Corax tomó nota, y al punto levantó la mano otro alumno:

–Ése me ha increpado en el recreo y me ha cruzado la cara sin que yo le hubiera hecho nada.

Por desgracia, era verdad; cuando lo hizo, Wolfram era precisamente Old Shatterhand.

Entonces alzó la mano un tercero.

Todos ellos tenían razón. Wolfram se había permitido aun otras cosas. No le querían. Por un lado le odiaban, por otro le despreciaban, y no sin razón. O bien se veía obligado a humillarse, o bien a cruzarles la cara. Así eran sus ausencias.

Pero entonces, como si se hubiera roto un dique, algo inaudito fluyó en él con la fuerza de un torrente. Se puso de pie y dijo (antes de que otros presentaran sus acusaciones):

–Señor profesor, ¿tiene uno al menos el derecho a defenderse?

Y cuando Corax le miró como a un monstruo marino, continuó:

–¿Debo defenderme como Cicerón o como Sócrates? –Y sin esperar a la respuesta, añadió–: Comenzaré con Cicerón, por lo tanto jurídicamente, y he de lamentar que al entrar en esta clase no fuera informado sobre qué debía hacer o dejar de hacer aquí. Así se me escapó que Werner (el hijo del fabricante) pertenecía, por decirlo de alguna forma, a una especie natural protegida. Por otra parte, yo consideraba antipedagógica su protección: cuando se tiene un padre tan rico, conviene rodearse de masajistas y maestros de esgrima. Incluso el puñetazo que le he propinado en las costillas le vendrá bien.

»Y ahora le toca el turno a los otros: confieso que los he zurrado sin motivo alguno, y no me queda más remedio que disculparme.

Mientras esa fuerza inaudita fluía en su interior, Wolfram había ido avanzando poco a poco y se había vuelto hacia la clase; entonces se subió al pupitre. Corax hizo un ademán con el brazo como si quisiera impedirlo, pero fue en vano. Wolfram prosiguió:

–Ahora, en mi defensa, apelo a Sócrates, y por una buena razón. Sócrates se cuenta entre mis visitantes nocturnos, aunque él no pretenda socratizarme. Nada más ajeno a su naturaleza. –Al oír esto, el doctor Corax alzó la mano con un gesto de desagrado, como si no lo entendiera o no quisiera entenderlo.

»Sócrates llega y se sienta a mi lado. Me pregunta: "¿Qué estás leyendo?". Esto ya me resulta desagradable. Mi abuelo también insiste en esa *e* suplementaria.[46] Y además me obliga a trazarla con una cerda.

»Yo le respondo: "Leo a Karl May". Sócrates dice: "Eso es excelente; cada pueblo tiene a su Heracles. Con el tiempo, cae en decadencia; antaño era Siegfried, hoy es Old Shatterhand. Pero siempre hay alguno esperando su turno".

»Así es como converso con Sócrates. Pero eso no quiere decir que nuestro tutor no le caiga bien. Sólo que lo considera una nulidad como pedagogo.

En la clase reinaba el silencio; Corax ni siquiera se había movido. Wolfram recogió sus libros y salió para siempre. Su padre le mandó a Arosa,[47] porque, para colmo, había cogido una pulmonía. Se desconoce su posterior destino.

Notas

1. Traducimos *Vorschule* por «escuela preparatoria» y *Gymnasium* por «instituto». En los inicios del Segundo Imperio Alemán (1871-1918) se consolidó un sistema educativo de dos líneas. La primera, destinada a la clase alta, se iniciaba con un periodo de tres años en la *Vorschule,* escuela primaria de pago que preparaba a sus alumnos para el ingreso, generalmente a los nueve años, en la escuela pública secundaria: el *Gymnasium* (dedicado a la formación humanista y centrado en las lenguas clásicas) o alguna de sus variantes, como el *Realgymnasium* y la *Oberrealschule* (que incluían también materias orientadas a la formación práctica). La segunda línea se iniciaba con la *Volksschule,* escuela primaria gratuita que en teoría también debía preparar a cualquier niño para la escuela pública secundaria. Sin embargo, en la práctica no era así, dada la distancia que existía entre el contenido curricular de la *Volksschule* y el del *Gymnasium.* Por lo tanto, después de superar la *Volksschule* se accedía directamente al mundo laboral o, a los trece o catorce años,

se ingresaba en alguna escuela a tiempo parcial especializada en la formación profesional. En 1920, tras la aprobación de la Constitución de Weimar, la *Vorschule* y la *Volksschule* desaparecieron para dar paso a una única escuela primaria común para todos los niños de entre seis y diez años, la *Grundschule*.

2. En alemán, *Zylinderputzern*. Antiguamente las espadañas eran llamadas así por el parecido de sus estambres con las escobillas de forma cilíndrica que se usaban para limpiar el hollín de los quinqués.

3. En sus diarios, Jünger reconoce que la escuela desempeñó un papel fundamental en su aprendizaje de la botánica: «Al nomeolvides le gusta la compañía; forma superficie y bordea los márgenes de los arroyos. Cada vez es más escaso el número de estudiantes que saben cómo se llaman esta y aquella flor; eso me llama la atención en los paseos. Ya en las escuelas se descuida la botánica en el sentido de antes [...]. Recuerdo la hora en que aprendí el nombre; fue en Schwarzenberg. El maestro nos llevó al patio de la escuela, ante un terraplén que lo limitaba, y nos dijo que nos sentáramos. Luego nos enseñó las flores que allí crecían: el llantén, el diente de león, la ortiga amarilla, la eufrasia, también el nomeolvides. Un mediador: hace mucho tiempo que he olvidado su nombre, el de las flores no». (E. Jünger, *Pasados los setenta II*, Tusquets Editores, col. Tiempo de Memoria 45/5, Barcelona, 2006, pág. 547.)

4. El abuelo de Jünger por línea paterna fue maestro en un colegio privado para muchachas en Vegesack (Bremen), y posteriormente impartió las asignaturas de matemáticas y biología en el Lyceum II (actualmente llamado Goethe-Gymnasium), fundado a la sazón en Hannover. Ernst Jünger estudió en ese mismo Lyceum II, aunque cambió al menos diez veces de escuela, no sólo por los desplazamientos de su familia, sino también por sus bajos rendimientos escolares.

5. Düppel es el nombre alemán de la localidad danesa de Dybbøl, situada al norte de Slesvig, en la península de Jutlandia. Célebre por sus fortificaciones (tres kilómetros a lo largo de la frontera), instaladas por los daneses para impedir la entrada en la península, fue escenario de batallas entre Dinamarca y Alemania en 1848, 1849 y 1864. El 18 de abril de 1864, en el marco de la guerra de los Ducados, el ejército prusiano de Federico Carlos tomó la posición, que Alemania conservaría hasta 1920.

6. Vieja gloria decimonónica de la armada alemana, el cañonero *Iltis* (en alemán, «turón») intervino en 1900 en la represión del movimiento rebelde de los bóxers, sociedad secreta china que luchaba contra la presencia colonialista en territorio chino. Fue hundido en la primera guerra mundial, en octubre de 1914, durante la campaña de Tsingtao, principal base de Alemania en el Lejano Oriente.

7. Los cipayos, soldados indios al servicio de la Corona de Inglaterra, se sublevaron en 1857 contra la dominación británica, especialmente a causa de la política de expropiaciones y las reformas religiosas de los misioneros cristianos. Una vez sofocada la revuelta, en 1858, la Compañía Británica de las Indias Orientales fue disuelta y la regencia de la India pasó a manos de la Corona. Posteriormente, los británicos aplicaron una serie de reformas destinadas a integrar en el gobierno a los indios de las castas altas y a hacer más flexible y eficaz la administración de la colonia.

8. Mahdi o mehedí (en árabe, *m'axdi,* «el guiado por el Profeta») es el nombre dado por varias sectas musulmanas al mensajero de Alá que debe completar la obra de Mahoma. Mohammed Ahmed ibn Seyyid Abdullah (1848-1885), cabecilla de los insurrectos en el Sudán egipcio, se jactaba de ser el mehedí prometido por los profetas. Reunió a los seguidores de la orden de los derviches en 1881, se alzó contra el gobierno egipcio y conquistó en 1883 Kordofán, donde fue reconocido por el gobernador británico de Jartún. Los mehedíes acabaron también por apoderarse de Jartún, aunque finalmente fueron masacrados con los medios técnicos de la guerra moderna en la batalla del Nilo, tal y como fue registrado por Churchill en su crónica de 1899. Uno de los escritores preferidos por Wolfram, Karl May, escribió en 1896 una

novela de tres volúmenes titulada precisamente *En el país de los mehedíes,* y Stanley –aludido también por Wolfram– narró en *Viaje al África tenebrosa* (1890) su despiadada expedición al Sudán para rescatar a Emín Pachá del acoso de las guerrillas derviches.

9. En 1884, los hereros, pertenecientes al pueblo de los bantúes que habitaban en Namibia y Angola, fueron sometidos bajo el protectorado alemán de África del Sudoeste. En 1904 fracasó la rebelión liderada por Samuel Maherero. Diezmados y cercados en Waterberg, fueron deportados bajo amenaza de muerte por las tropas del general Lothar von Trotha hasta el desierto del Kalahari. Allí, en un anticipo de lo que sería el genocidio del pueblo armenio, prácticamente toda la comunidad herero fue exterminada, incluidos niños y mujeres. A los supervivientes los internaron en campos de concentración (término introducido a la sazón en la lengua alemana: *Konzentrationslager),* donde los brutales trabajos forzados remataron la limpieza étnica.

Friedrich Georg Jünger (1898-1977), poeta, narrador y ensayista, hermano de Ernst, menciona en sus recuerdos de infancia un auténtico arco de herero con el que, al salir de la escuela, desengañado de sus compañeros de clase, jugaba junto a la orilla cenagosa de un río rodeado de matorrales, donde se abandonaba a sus sueños y fantasías. Cf. F.G. Jünger, *Grüne Zweige,* Carl Hanser, Múnich, 1951, págs. 28-29.

10. En una anotación de diario, Jünger consulta la obra del Estado Mayor sobre *Las batallas de las tropas alemanas en el sudoeste de África* (Mittler, 1906). Y, para nuestro asombro, comenta: «La explotación fue escasa [...]. De los hereros, ovambos y hotentotes se habla por lo general de forma imparcial, de vez en cuando hasta con aprecio; incluso la palabra "banda" carecía aún de un tono odioso. Se entiende que yo piense hoy sobre estas cosas de manera diferente al abuelo, que se alteraba por culpa de Witbooi cuando lo acompañaba de camino al colegio. Por eso no voy a tenerme yo por más listo, es un espejismo muy extendido: tan sólo confundimos los errores». (E. Jünger, *Pasados los setenta II*, ed. cit., págs. 525-526.)

11. En alemán, *Volksschule.* Cf. nota 1.

12. En alemán, *Bartbinde.* Aunque hoy día es casi una pieza de museo, fue de uso corriente a finales del siglo XIX y principios del XX, especialmente en la época guillermina. Inventada en 1880 por un peluquero vienés, se trata de una tira de gamuza que se usaba para proteger las puntas del bigote engominado mientras se dormía.

13. En la primera versión de *El corazón aventurero,* del año 1929 (de próxima publicación en Tusquets Editores), E. Jünger evoca las lecturas de su infancia como un vehículo de evasión frente al tedio de la institución escolar, y confiesa que «muchos malos alum-

nos, durante tres noches inmersos en *Robinson Crusoe,* han aprendido más de lo que su maestro podía soñar». Cf. E. Jünger, *Das abenteuerliche Herz. Erste Fassung*, en *Sämtliche Werke. Zweite Abteilung. Essays III*, Klett-Cotta, Stuttgart, 1979, pág. 52.

Estos recuerdos son compartidos por F.G. Jünger, quien en sus memorias escribe: «El primer libro que llegó a mis manos, y que, más que leer, deletreé resiguiendo las líneas con el dedo, fue *Robinson Crusoe* en la versión de Campe». (F.G. Jünger, op. cit., pág. 29.) F.G. Jünger hace referencia a la adaptación juvenil del clásico de Defoe llevada a cabo por el pedagogo, lingüista y editor Joachim Heinrich Campe (1746-1818), bajo el título de *Robinson der Jüngere* (1779-1780), que gozó de una enorme popularidad y fue traducida a numerosos idiomas.

14. Karl May (1842-1912), representante destacado de la literatura de aventuras y de las novelas por entregas, se convirtió en el autor más leído por las jóvenes generaciones alemanas hasta la segunda guerra mundial. La acción de sus novelas transcurre principalmente en lugares exóticos, como el oeste americano o África, y sus héroes representan tanto las ansias de libertad y aventura como los ideales de nobleza y redención propios del humanitarismo del siglo XIX. Sin embargo, a pesar de los sueños épicos y el paternalismo colonial de May, el individualismo de fondo y la apelación pietista a la conciencia impidieron que sus

héroes degenerasen en el nacionalismo chovinista de sus compatriotas. Por el contrario, plantean objeciones contra la religión organizada y expresan actitudes de tolerancia respecto a los indios, como en las aventuras de Old Shatterhand y Winnetou.

15. Gustav Schwab (1792-1850), poeta alemán, representante de la escuela romántica suaba junto al joven Heine y a Mörike. Es autor de los tres volúmenes de *Las más bellas leyendas de la Antigüedad clásica* (1838-1840) y de los *Libros populares alemanes* (1836).

16. La fascinación de los adolescentes alemanes por la figura del bandolero cuenta con el precedente culto del drama *Los bandidos*, de Friedrich von Schiller (1759-1805), y cobra fuerza en el imaginario popular mediante la transposición ambivalente de sus motivos a la literatura por entregas o *Trivialliteratur*, en la que se entreveran mito y realidad, nacionalismo e individualismo, particularmente en el contexto de la resistencia patriótica frente a las tropas napoleónicas. Sobre la presencia del bandolero en el joven Jünger, cf. *Juegos africanos*, Tusquets Editores, col. Andanzas 541, Barcelona, 2004, págs. 60, 68-69.

17. Se alude a la guerra de los Treinta Años (1618-1648), contienda de religión entablada en la Europa central entre defensores de la Reforma y de la Contrarreforma. Se expandió como guerra política de predominio en la que intervinieron, por una parte, la familia de los Habsburgo, para mantener la supremacía

conseguida en el siglo XVI, y, por otra, las naciones que se habían opuesto a la idea imperial hegemónica de aquella familia: Francia, Suecia, Holanda e Inglaterra. Fue concluida con la Paz de Westfalia, que supuso la fragmentación del Sacro Imperio Romano Germánico y el triunfo de las naciones.

18. En sus recuerdos de infancia, F.G. Jünger menciona a un tal profesor Wiermann. Cf. F.G. Jünger, op. cit., pág. 32.

19. La primera versión de *El corazón aventurero* (1929) nos informa cumplidamente sobre estos detalles de la infancia escolar: «Ya a la cabeza de mi primer boletín de notas figuraba la observación "falta de atención", que después me acompañó a lo largo de todos los años como un elemento permanente. Yo había inventado una clase de desinterés que, como una araña, sólo me unía con la realidad a través de un hilo invisible. Como una concha, sabía poner en juego los colores sobre la superficie interior y retirarme de inmediato durante catorce días y por más tiempo a extraños parajes, en los que entraba por la mañana mientras recorría el camino a la escuela y que aún no había abandonado cuando por la tarde se me cerraban los ojos de cansancio. [...] Así, yo pertenecía a la gran clase de los soñadores que se encuentran copiosamente representados allí donde hay pupitres». E. Jünger, *Das abenteuerliche Herz. Erste Fassung*, ed. cit., pág. 51.

20. Apellido de origen judío.

21. Miembro de la aristocracia terrateniente alemana, en su mayoría originaria de Prusia, que ejerció gran influencia política durante el Segundo Imperio Alemán (1871-1918) y la República de Weimar (1919-1933). Otto von Bismarck (1815-1898), fundador del Segundo Imperio Alemán y canciller imperial entre 1871 y 1890, pertenecía a la élite *Junker.*

22. Hans Joachim Zieten (1699-1786), general alemán, reorganizó la caballería prusiana como jefe del regimiento de húsares de Federico II el Grande, célebre por la carga contra las posiciones austriacas en la segunda guerra de Silesia. Gracias a su caballería ligera, obtuvo numerosas victorias en la guerra de los Siete Años.

No parece casual que sea un doctor quien aconseje prudencia frente al afán juvenil de emular hazañas bélicas. También en *Juegos africanos,* donde se alude al general Zieten en una breve estrofa, es un médico quien advierte al soñador Herbert de la dura realidad de la Legión. Cf. *Juegos africanos*, ed. cit., pág. 146.

23. En alemán, *Presse.* Centro de enseñanza privada especializado en ayudar a los estudiantes con bajos rendimientos escolares a superar los rigurosos exámenes oficiales del sistema educativo público. Asimismo, podía hacer las veces de colegio de internos. El propio Jünger estuvo internado, a causa de sus ma-

las notas y mal comportamiento, en dos centros de ese tipo, en Hannover y Braunschweig (Baja Sajonia), entre los diez y los doce años (1905-1907).

24. La figura de Hilpert, el severo profesor de matemáticas, resulta ya familiar para los lectores de *El tirachinas* (1973), donde aparece con el mismo nombre y perfil. Allí destaca por su odio hacia un alumno soñador e indolente, Clamor, que prefigura visiblemente a Wolfram. Cf. E. Jünger, *El tirachinas,* Tusquets Editores, col. Andanzas 55, Barcelona, 1987, págs. 18-27, 153-156. Léanse sobre todo los capítulos titulados «En el colegio» y «Matemáticas».

25. Es normal que Hilpert se sintiera honrado por haber estudiado en esta ilustre universidad. Gotinga, ciudad de la Baja Sajonia, es famosa por su universidad, la Georg-August-Universität. Fundada en 1737, ha acogido a prestigiosos matemáticos y físicos, como G.C. Lichtenberg (1742-1799), Wilhelm Eduard Weber (1804-1891) o C.F. Gauss (1777-1855), este último cofundador de la importante Academia de las Ciencias de Gotinga y creador de la moderna teoría de los números.

26. La figura del visitante nocturno y la experiencia de atención desdoblada y aguzada se asocia también a Berger, el adolescente de *Juegos africanos,* ed. cit., págs. 30 y sigs.

27. Justinus Kerner (1786-1862), escritor y médico mesmerista, representante de la escuela poética suaba,

destacó por sus investigaciones sobre el magnetismo, el sonambulismo y el mediumnismo. Entre sus obras vinculadas al romanticismo tardío, cabe mencionar precisamente la novela a la que alude el doctor, *La vidente de Prevorst* (1829); en ella narra las experiencias parapsicológicas de la comerciante Friederike Hauffe, a la que Kerner sometió a estudio y alojó durante varios años en su propia casa. Este género de reflexiones interesaron incluso a filósofos como Schopenhauer, quien dedicó varias páginas a Kerner y su vidente en el «Ensayo sobre las visiones de fantasmas», incluido en *Parerga y Paralipómena.*

28. En alemán, Minchen, diminutivo de Wilhelmine, que era el nombre de la abuela paterna de Ernst Jünger.

29. Jünger hace referencia a los siguientes verbos alemanes: *tun,* «hacer»; *müssen,* «tener que, ser preciso o menester», que en ciertos contextos puede significar «verse obligado a hacer sus necesidades»; y *dürfen,* «poder», en el sentido de «tener permiso o autorización para realizar algo». El narrador emplea estos verbos, con sus respectivos sentidos, en los dos párrafos siguientes.

30. Nombre que recibe el barrio chino de la ciudad portuaria de Hamburgo.

31. Ambos hermanos Jünger, tanto Ernst como Friedrich Georg, compartieron el terror hacia el profesor de matemáticas, por lo demás un lugar común en

el género de la novela escolar. En el caso del hermano poeta, éste nos cuenta el despido de dos profesores, precisamente por sus inclinaciones a la bebida; a juicio del autor, les desazonaba «el carácter mecánico, compartimentado y rígido de la profesión, la planificación horaria de la vida». Cf. F.G. Jünger, op. cit., pág. 62.

32. Jünger emplea una palabra alemana poco común, *Lokus,* que se remonta al siglo XVII y es una abreviatura de la expresión latina *locus necessitatis* («lugar de las necesidades urgentes»), utilizada como eufemismo en la jerga estudiantil. En castellano, las «necesarias» son, como indica el Covarrubias, las «letrinas que por otro nombre se dicen secretas, porque están en lo más secreto y apartado de la casa [...]. Y necesarias por la necesidad que hay dellas».

33. Primera estrofa del poema *Brautnacht* [Noche de bodas] de J.W. Goethe (1749-1832), perteneciente a sus *Lieder.* La traducción es de Rafael Cansinos Assens, en J.W. Goethe, *Obras completas I*, Aguilar, Madrid, 1987 (4.ª reimpresión), pág. 804.

34. En alemán, *Hoff, o du arme Seele.* Verso compuesto por Paul Gerhardt (1607-1676), el poeta más representativo de la canción y de la lírica religiosa protestante del barroco alemán. Johann Sebastian Bach (1685-1750) incluyó algunas de sus canciones en *La pasión según San Mateo,* y muchos de sus himnos han pasado a formar parte de los libros de cánti-

cos evangélicos, como en el caso de su coetáneo Johann Rist.

35. En alemán, *Jerusalem, du hochgebaute.* Verso perteneciente a la obra *Tuba novissima* (1626) de Johann Matthäus Meyfart (1590-1642), teólogo protestante, poeta de himnos religiosos y autor de devocionarios, que luchó contra los procesos por brujería.

36. En alemán, *Ich hab' von ferne, Herr, deinen Thron erblickt.* Obra de Johann Thimoteus Hermes (1738-1821), teólogo, poeta de canciones religiosas y novelista. Esos célebres versos aparecen en su novela *Sophiens Reise von Memel nach Sachsen* (1775), bajo el título de *Vorschmack des Himmels* [Goce anticipado del cielo]. En 1812 fueron incluidos en el libro de cánticos de Bremen.

37. En alemán, *O Ewigkeit, du Donnerwort.* Versos del poeta alemán y predicador protestante Johann Rist (1607-1667), que sirvieron de base para la correspondiente cantata de Bach.

38. Primeros versos del poema *Der Jüngling am Bache* [El joven junto al arroyo] de Schiller, que Franz Schubert (1797-1828) incorporó a sus *Lieder.*

39. Jünger cita de memoria uno de los relatos de viaje exóticos de Karl May, donde el brigadier Jules Gérard es conocido como el «Señor de los leones». En un diálogo en particular, un personaje pregunta sobre Gérard, el cazador francés: «¿Conoces a Emir-el-Areth, el "Señor de los leones", Hassan?». Y éste res-

ponde con orgullo: «Era un infiel, pero casi tan valiente como Hassan el Kebihr. Siguió las huellas al "Señor con la imponente cabeza" (el león) de noche y completamente solo para darle muerte».

40. La actitud del joven Jünger hacia Sir Henry Morton Stanley (1841-1904), compañero de Livingstone en sus viajes de exploración por África, es más bien ambivalente, como testimonian sus recuerdos de adolescencia evocados en la primera versión de *El corazón aventurero* (1929): «Por eso también resultaba explicable que yo simpatizara tan poco con la personalidad de Stanley. Iluminar el continente negro, explorar las fuentes de los ríos legendarios, cartografiar un territorio salvaje, todo eso suscitaba mi antipatía. Igualmente antipática era la invasión de un continente como aquél por la energía europeo-americana. No era por azar que ese hombre había sido reportero. Sus reportajes no se elevaban por encima de una prosaica mediocridad, y se podía olfatear por doquier el nauseabundo olor a récord. El misterio del paisaje, el alma del hombre salvaje, la naturaleza de los animales en su singularidad y en su variedad, incluso los sentimientos del propio corazón en lucha con un mundo hostil y enigmático, todo eso apenas había sido levemente rozado por la descripción. Era como si un mecanismo de relojería hubiera descendido al vasto Congo».

41. Se denomina la «Noche triste» a la masacre sufrida por las tropas españolas y sus aliados indígenas

cuando, bajo el mando de Hernán Cortés y una vez muerto Moctezuma II, trataban de huir de los guerreros aztecas la noche del 30 de junio de 1520 en Tenochtitlan. El llanto y el duelo de Cortés tras la derrota constituye un lugar común de los cronistas de Indias.

42. Ferdinand Gregorovius (1821-1891), historiador y periodista alemán. En 1852 viajó a Italia, que se convertiría en su segunda patria. Logró un gran éxito con dos de sus ensayos históricos, *Años de andanzas en Italia* (1856-1877) e *Historia de la ciudad de Roma en la Edad Media* (1859-1872), que generaciones de alemanes emplearon como guías de viaje eruditas.

43. Jakob Burckhardt (1818-1897), profesor suizo de historia del arte y de la cultura en la Universidad de Basilea, es autor de *Cicerone* (1855), una guía para la comprensión de las obras de arte italianas, y *La cultura del Renacimiento en Italia* (1860). En Basilea fue colega universitario de Nietzsche, que siempre le tributó una gran admiración.

44. Johann Jakob Bachofen (1815-1887), profesor suizo de historia del derecho e investigador de la Antigüedad, dio clases de derecho romano en la Universidad de Basilea y es conocido sobre todo por haber acuñado el concepto de «derecho matriarcal».

45. Jünger establece un juego de palabras, difícil de trasladar al castellano, entre el término de origen francés *Absence* («estado de ausencia» o «ausencia»), perteneciente al ámbito médico y que alude a una

perturbación psíquica, y el vocablo propiamente alemán *Abwesenheit* («no presencia»), cuya raíz *(wesenheit)* remite al vocabulario místico o filosófico, «entidad, esencia, sustancia», si bien es de uso común en contextos cotidianos. A partir del adjetivo *abwesend* («ausente»), Jünger construye el verbo *abwesen* («no estar presente»), totalmente inusual en alemán, salvo, como es el caso, cuando se sondean cuestiones filosóficas. Sobre la experiencia de estados de ausencia y los desafíos que plantea su verbalización, son interesantes las consideraciones expresadas por Jünger en *Acercamientos. Drogas y ebriedad,* Tusquets Editores, col. Ensayo 46, Barcelona, 2000, págs. 186-187.

46. La *e* que disgusta a Wolfram corresponde a una pronunciación y a una grafía antiguas, *liesest,* del verbo *lesen* («leer»), frente a la forma actual, *liest,* que, a oídos de Wolfram, como a oídos del alemán de hoy, suena más natural. Cuando el radical del verbo alemán termina con un sonido sibilante (fricativa o africada dental), como en el caso de *lesen,* en la 2.ª persona del singular del presente de indicativo normalmente se suprime el sonido *-(e)s-* del morfema flexivo: *liest* en lugar de *liesest.*

47. Pequeña población de montaña situada en el cantón suizo de Grisons. Se trata de un destino turístico famoso por sus balnearios, sus centros termales y sus instalaciones para la práctica de deportes de invierno.

Posfacio

La escuela sigue pesando sobre mí con mucha más intensidad que el ejército.

Ernst Jünger, *Pasados los setenta II*

Podría parecer que en la obra de Jünger, un autor al que se identifica sobre todo con sus diarios de guerra y sus ensayos acerca de la técnica y el nihilismo, la infancia no ocupa un lugar destacado, y que la descripción de la madurez forjada en la escuela de la guerra predomina sobre la rememoración de la niñez colegial. Sin embargo, el lector que haya gozado de las evocadoras páginas de *El corazón aventurero,* de *Juegos africanos* (1936), de *El tirachinas* (1973) –todos ellos publicados en Tusquets Editores–, o del relato póstumo que presentamos, *Venganza tardía. Tres caminos a la escuela* (1991), se habrá percatado de que la infancia fue la primera gran aventura de ese lector de Schopenhauer que no sólo experimentaba el mundo como voluntad, sino también como ensoñación.

El protagonista de *Venganza tardía,* Wolfram, tan afín por su vulnerabilidad y potencia imaginativa al joven Clamor de *El tirachinas,* nos presenta una faceta poco conocida de quien en realidad jamás perdió esa virginal capacidad de asombro ante el gran libro del mundo. Pues nos hallamos ante un texto donde se entreveran magistralmente el arte de la fabulación y el ejercicio autobiográfico. Por eso mismo resulta difícil separar en estas páginas la realidad de la ficción; todo recuerdo es ya un acto de construcción e interpretación que arraiga en el acervo de historias y anécdotas transmitido en el marco de la memoria familiar.

Pero, sin necesidad de recurrir a biografías sobre el autor, tan sólo comparando los diversos pasajes dedicados a la vida escolar en la dilatada obra de Jünger, podemos asegurar que nos encontramos ante una infancia y una adolescencia refractarias a la disciplina de la institución académica, rebelde frente al tedio de una escuela regida por el principio de realidad, donde la moralidad se opone a la aventura, la erudición al ensueño, la ética protestante del trabajo al derroche y al exceso, el manual y el reglamento a la libertad de invención y de espíritu.

No en vano el título principal de este relato es la abreviatura *Sp. R.*, es decir, *Späte Rache,* cuya traducción al castellano es «Venganza tardía». Efectivamente, se trata de un ajuste de cuentas de un nonagenario, como lo era Jünger en el momento en que comenzó a escribir su narración, con un lejano periodo de su infancia, cuando tenía nueve años. Tal ajuste de cuentas le llevó con diecisiete años a abandonar el instituto y la casa paterna para fugarse a tierras africanas, donde podría vivir con libertad sus sueños de niño. Como en el caso de Wolfram, estos sueños se nutrían de la fervorosa lectura de los relatos de Karl May, del best seller de Stanley, *Viaje al África tenebrosa,* de la biblia de todo niño amante de naufragios e islas perdidas, *Robinson Crusoe,* y de la literatura por entregas sobre los más variados bandoleros, que tiene su origen culto en *Los bandidos* de Schiller. Su venganza se dirigía a aquellos profesores, muchas veces fracasados en su vida familiar y académica –es el caso de Hilpert, el profesor de matemáticas–, que siempre elegían como chivo expiatorio a los alumnos más frágiles, a los que se perdían por los pasillos de la escuela, llegaban con retraso y se les trababa la lengua ante la inquisidora mirada del resentido funcionario. Y sin embargo, Jünger no ha ocultado su admiración por esos maestros anónimos cuyos nombres olvidamos pero que ejercieron de mediadores al sembrar en nuestra memoria, por ejemplo, el nombre de flores como el nomeolvides. Y así como en *El tirachinas* Jünger establece una oposición entre el alma contemplativa de Clamor y el recio espíritu de Teo –las dos caras complementarias del Jünger adulto–, en este relato Wolfram tiene curiosamente como antagonista a un joven y audaz judío con vocación castrense, cuyo padre le pone el nombre de Siegfried como un medio de asimilación en una sociedad, incluida la escuela, donde ya se incubaba el antisemitismo.

El subtítulo del relato, que lo articula en tres partes correspondientes a los tres caminos recorridos por Wolfram en tres periodos distintos de su vida escolar, dice mucho sobre la filosofía de la vida de su autor. Parafraseando una célebre máxima, podríamos decir: «Escolar, no hay escuela, se hace escuela al andar». Y ésa es la experiencia del joven protagonista, que parece aprender mucho más en los senderos que le llevan a la escuela que propiamente en el aula. La aventura no se halla en la meta sino en el camino, en el merodeo, incluso en el extravío, como bien sabe quien practica la emboscadura, la caza sutil o los acercamientos. En su deambular, Wolfram pasea su mirada por la naturaleza, juega a explorar el terreno, su botánica y su zoología, salta de la realidad a la ensoñación y de la ensoñación a la realidad, se metamorfosea en los personajes de sus novelas más queridas: Winnetou, Old Shatterhand, Gérard «el Cazador de leones». De ese modo multiplica y disuelve sus identidades, se oculta tras sus máscaras, tras sus metamorfosis, que, según Elias Canetti, son el mejor medio para zafarse del poder, como ilustra el mito, la etnografía y la literatura moderna, en particular Kafka.

Es verdad que Wolfram no pasea solo, sino que le acompaña su abuelo, viejo maestro decimonónico, un pozo de sabiduría para el nieto, aunque también un guardián que vela por la puntualidad y la orientación del caminante. Este personaje, que recuerda a la entrañable figura del abuelo de Thomas Bernhard en su despiadado ciclo de historias de la infancia, a pesar de no ser ningún ácrata, alimenta la imaginación del nieto con las hazañas (o infamias) del siglo XIX y principios del XX, especialmente la rebelión de los mehedíes en el Sudán egipcio, la revuelta de los hereros sometidos bajo el protectorado prusiano en Namibia –que sería aplacada por el ejército alemán con métodos que anticipaban el exterminio judío–, la insurrección de los cipayos y otras efemérides del colonialismo occidental. El niño recibe clases de historia, de botánica, de lengua, de vida, mientras corretea bajo la mirada atenta y condescendiente del abuelo.

El lector se encuentra, pues, ante una muestra tardía del género de la novela escolar, entre cuyos hitos destacan obras como *Freund Hein* [Amigo Hein] de Emil Strauss, *Bajo las ruedas* de Hermann Hesse, *Der Schüler Gerber hat absolviert* [El alumno Gerber ha aprobado] de Friedrich Torberg,* *Jakob von Gunten* de Robert Walser o *Juventud sin dios* de Ödön von Horváth. Tragedias escolares donde muchas veces adolescentes

* A estas tres novelas, Jean Améry (1912-1978) les dedicó un breve ensayo titulado *Sie lernten nicht für das Leben. Schülertragödien von Emil Strauß, Hermann Hesse, Friedrich Torberg* [No aprendieron para la vida. Tragedias escolares de Emil Strauss, Hermann Hesse, Friedrich Torberg], en J. Améry, *Werke, 5. Aufsätze zur Literatur und zum Film,* Klett-Cotta, Stuttgart, 2003.

sensibles se ven empujados al suicidio por el sadismo del sistema nutrido en la «pedagogía negra». La óptica de Jünger es, sin embargo, un poco más amable que la de estos autores, aunque no por ello menos sutil y mordaz.

Novela escolar que apunta también a lo que los alemanes denominan *Bildungsroman* («novela de formación») y *Künstlerroman* («novela de artista»), pues su educación sentimental, sus estados de ausencia, su soledad poblada por un coro de voces imaginarias, todo ello vigilado por el lúcido médico de la familia, aproximan a Wolfram al potencial visionario y a la capacidad de metamorfosis propia del poeta.

Amenazado por la crueldad adolescente, por la rigidez de la maquinaria profesoral y el mundo de los mayores, por la angustia ante los exámenes, que retornará como pesadilla en los diarios del Jünger adulto, por el presagio de futuros fracasos escolares y profesionales, el joven Wolfram es capaz de reconducir su potencial esquizofrenia y su tartamudeo hacia una elocuente autodefensa bajo la tutela de otro de sus insospechados héroes, Sócrates, el enemigo de toda pedagogía convencional.

Enrique Ocaña